SHARK

SHARK Story 운雲 × 김우섭 Art 2

저녁 배식
준비하십쇼.

그래. 미안한데 이제부터
우리 방 식사는 많이 좀 넣어라.
대충 4인분 정도?

예? 하지만…

두둥!

우와...

힘이 센 만큼 먹기도
정말 많이 먹나 보다.

탁

나머진
다 네 몫이다.

예?!

깜짝

강해지고
싶다며.

가장 빠르고
확실하게 강해지는 비결이
뭐라고 생각해?

복싱?

태권도?

유도?

5

정답은 더 크고
더 무거워지는 거다.

두둔!

이건 느낌인가...

대부분의 투기 종목에서
몸무게를 기준으로 체급을
나눈다는 것 정돈 알고 있지?

더 무거운 자가
더 강하다는 걸
모두가 인정하고
있다는 의미지.

아.

기술을 익히는 것도 중요하고 파이팅 플랜을 잘 짜는 것도 필요하지만

그 모든 것은 일단 튼튼한 몸을 얻은 다음의 일이야.

지금의 넌 너무 작고 가벼워.

…

대충 파이터 흉내라도 내보려면 지금보다 최소 10cm 이상 더 크고 15kg 이상은 더 불려야 해.

키는 하늘에 맡기는 수밖에 없지만 체중은 달라.

여기서도 얼마든지 찌울 수 있지.

식사가 아닌 훈련이라고 생각하고 전부 먹어.

예.

푹

뭐 하나 물어보자.

?

왜 강해지고 싶은 거지?

아무리 봐도 넌
이곳과 어울리지 않는
녀석이거든.

뭔가 사연이 있지?

...

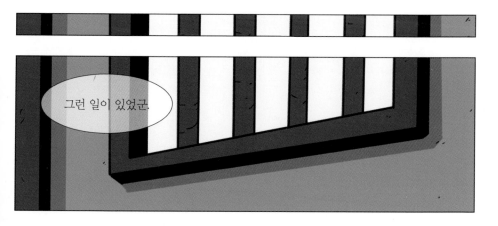

그나저나 전국체전 금메달리스트라. 꽤 귀찮은 녀석에게 찍혀버렸는걸?

개자식이지만 재능만큼은 최고 수준이라는 이야기니까.

좀 노골적으로 이야기하자면 네가 3년간 죽기 살기로 수련한다고 해도 그 녀석에게 정면으로 맞설 수 있을 만큼 강해질 확률은 제로에 가까워.

알아요.

꾸욱

…저도 다 아는데 이젠 더 이상 도망가고 싶지 않아요.

그래 멋진 생각이다.

씨익

그런 의미에서 조금쯤은 위로가 될 만한 이야기를 해줄까?

예?

그 녀석이 너한테 복수한다고 했다며?

그렇긴 한데…

원래 복수란
진 놈이 이긴 놈한테
하는 행동이야.

?

즉, 넌 이미
한 차례 녀석을 이겼다
이거지.

아...

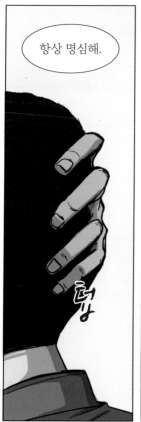

항상 명심해.

헝
컹

마지막 승자는 너고,
녀석은 너에게
패배했다는
사실을.

툭

그럼 좀 기분이
나을 거다.

…그런데.

?

예!

그쪽은 왜 여기에
계신 건가요?

움찔

…넌 정말
아무것도
모르나 보구나.

…그쪽이야 말로
절대 이런 곳에 계실 분이
아닌 것 같은데.

특별히
비밀이랄 것도 없지만
내 입으로 직접
말하고 싶진 않네.

형.

?

도현이 형 정도가
제일 낫겠다.

아...

예, 도현이 형!

퍼식

퍼식

마저 먹어라.

네...넵!

여성 수감동

15

놀랐냐,
씨발년아?

...

오늘이야말로
네년 버릇을
단단히 고쳐주마.

두벅

두벅

사고 치고 여기서 몇 달
더 썩게 돼도 상관없어.

하아―

...내가
잘못했네.

하! 이제 와서
빌기라도 하게?

이년이!!

빠직!

여기서 몇 달
더 살아도 상관없다고?

그게 네년들 한계야.

난 돌아갈 집도
가족도 없는 몸이야.

그래서 여기서 평생 썩어도
아무 상관없거든.

오늘 진짜로 죽어도
좋은 년들만 덤벼라.

움찔

!!

이년이
또 허세를!!

끝장을 내주마!!

아직 정신 잃지 마.

끄어억.

이제
시작인데.

뽁적

뽁적

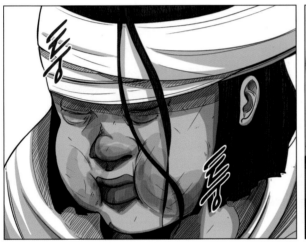

뽕

뽕

무슨 여자애들이
이렇게…

한 명 있어요.
굉장히 사나운 아이가.

예?

예요

조만간
징벌위원회 열릴 거다.
이번엔 형량 추가도
각오해야 할 거야.

뚜벅

뚜벅

뚜벅

놀고 있네.

뚜벅

조용히
좀 살자. 응?

뚜벅

뚜벅

씨발.

철컹

들어가.

툭

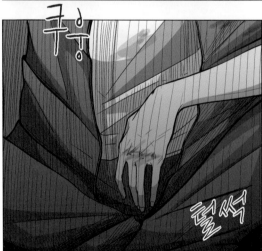

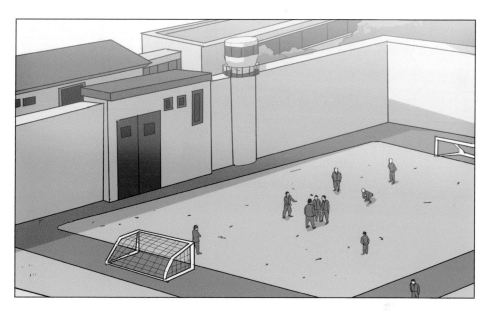

두

…꺼져라.

그냥 물어본 걸
가지고 왜 그렇게
까칠하게 구실까?

두

어이구,
목공반 여러분~
운동하세요~?

근데 이 새끼가!

왜? 오랜만에
한판 뜨시게?

깨진 턱주가리는
벌써 안녕하시고?

!!…

할 거야 말 거야?
난 아무래도
상관없는데.

…조만간
박살 내주마.

네에~ 네에~
나도 오늘은 축구해야 하거든.
다음에 보자고.

…가자.
재수 없다.

헉

예…

!

뭐? 왜?

그것까진 잘…

아마 심심해서
그러는 게 아닐까요?

저것들은
뭐 하는 거야?

못 들으셨습니까?
정도현이 저 찐따
훈련 시켜주기로
했답니다.

…우릴 쳐다보는데요.

우리가 아니라 너를 쳐다보는 거겠지.

뻔한 이야기지만 계절이 바뀔 무렵부터 넌 혼자다.

그때까지 최소한 네 한 몸 지킬 능력 정도는 갖춰야 할 거야.

…

걱정 마.

달리기다.

?!

1552

하하;

…달리기요?
또요?

씩

나 없어지면
쟤네들한테서 죽어라고
도망 다녀야 할 거 아니야.

도망가고
싶지 않아요.

농담이고.
지금은 일단 너라는
'그릇'을 크고 단단하게
만드는 게 중요해.

펀치, 킥, 그래플링
같은 기술을 담는 건
그릇이 완성된
다음의 일이야.

일단은 많이 먹고
많이 움직여서
건강해진다.
그것만 생각해.

…

잡설은 여기까지.

이 안에서
유산소 운동을
할 수 있는 유일한 시간을
낭비하지 말자고.

자! 그럼…

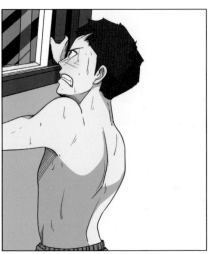

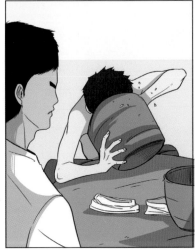

강해진다.

강해지고 말 거야!

마흔…

이놈의 날씨
며칠째 푹푹
찌는구나.

마흔하나…

마흔둘!!

어?

…옷이 줄어들었나.

멍청아.
멀쩡한 옷이
어떻게 줄어드냐?

1552

…네가 커진 거겠지.

…제가 변해봐야
얼마나 변했다고.

하하…

아마 거울을
볼 수 있다면

깜짝 놀랐을 거다.

한창 성장할
시기라는 점을 감안해도
기대 이상의 성과다.

내일부터 본격적인
훈련에 들어갈 거야.
각오 단단히 해.

예?

지금까지도 충분히
힘들었는데?

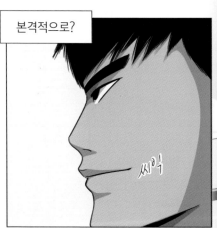

본격적으로?

씨익

대포(25세)
ー우용이파 2인자

현우용(29세)
ー우용이파 보스

숙

큰형님,
제가 한잔 따라
드리겠습니다!

그러고 보니까 막둥이는 나하고 술 처음 먹어보지?

예?

큰형님은 그렇게 안 드신다.

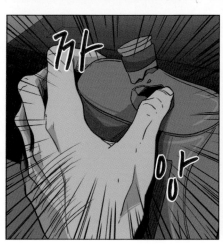

땡큐.

신기하게 볼 거 없어.
원래 저러고들 노신다.

아, 옙.

다들 원 없이 마셔.
즐거운 날이니까.

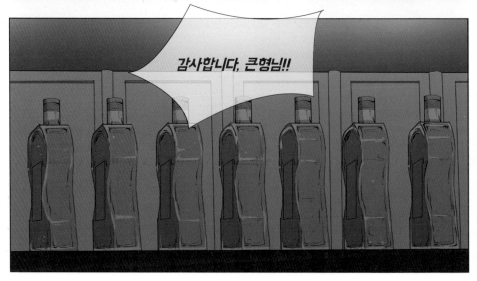

감사합니다, 큰형님!!

저 새끼 조져!

미쳤나 봐!

애들 더 데려와!

왜 이렇게 소란스럽냐.

제가 가서 확인해 보겠습니다.

덜컥

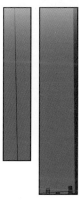

웬 어린놈이 행패를 부리고 있답니다.

어린놈? 행패?

예. 미성년자는 출입금지라고 하니까 다짜고짜 기도를 팼답니다.

푸하하하!!
그놈, 패기 있네.

제가 금방 정리하겠습니다.
허락해주십시오.

아냐 아냐.
내가 직접 간다.

예?

형님!

아 왜.
재밌잖아.

새끼들아!!
이게 전부야? 엉?

씨발!!

음? 저 정도 주먹쯤은
피하고도 남을 텐데…

눈에 문제가 있나?

허억

허억

병신들!!

뒈질라고!!

브라보.

넌 뭐냐?

잘 치네.

뭐냐고
씨발!!

너랑 비슷한데
너보다 좀
나은 사람.

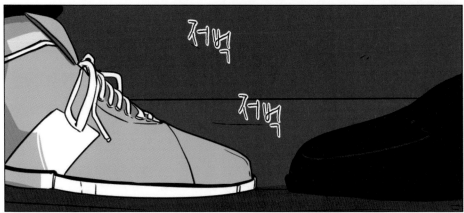

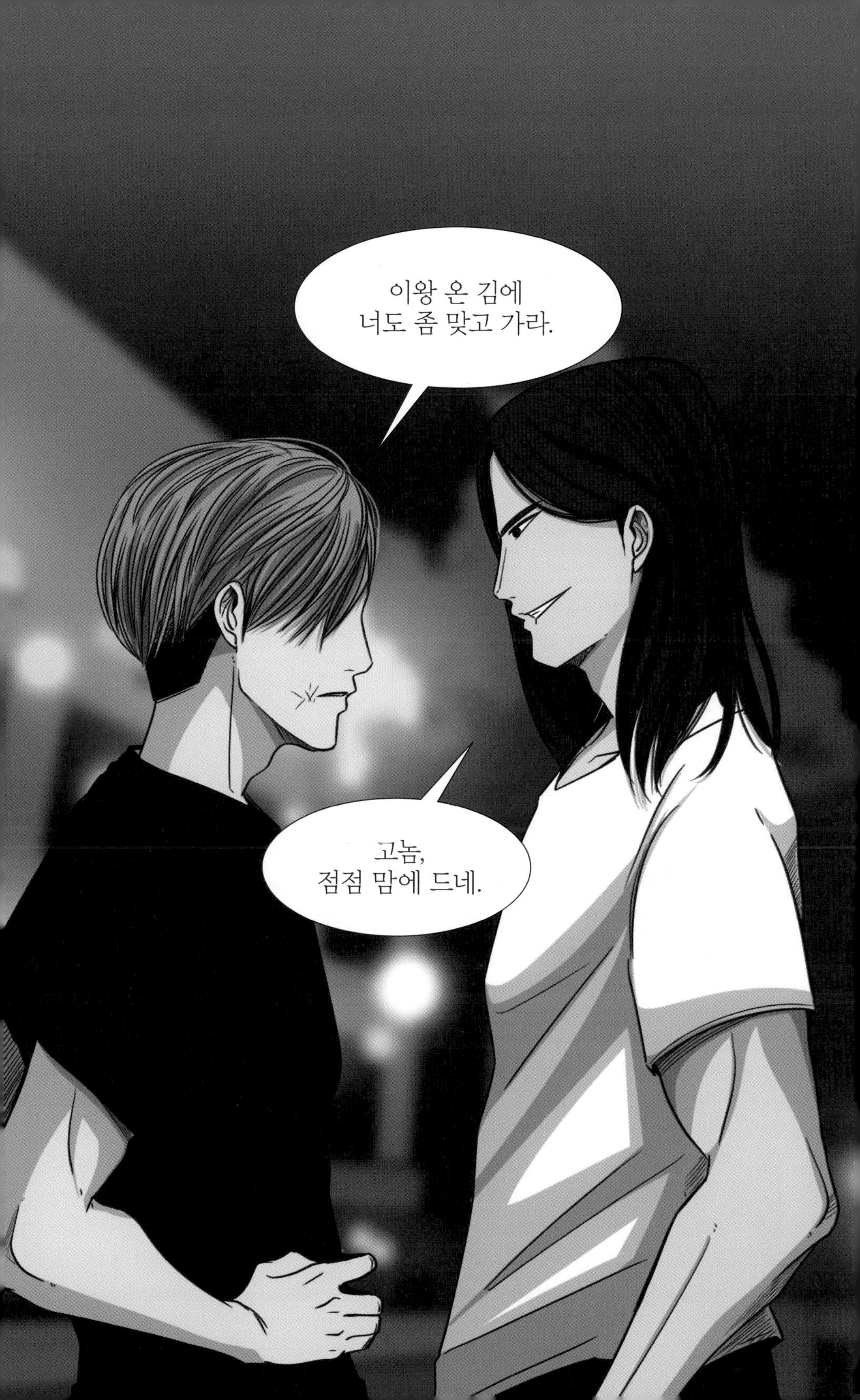
이왕 온 김에
너도 좀 맞고 가라.
고놈,
점점 맘에 드네.

어디 보자, 마지막으로
1대 1 도전을 받아본 게
2년 전이었던가?

아무리 그래도
내가 한참 형 같은데
똑같이 싸울 수는 없고…

이 아저씨가
나이를 고스톱 쳐서 따 잡쉈나,
아직도 중2병이야?

이렇게 하자.
지금부터 내가 널
딱 한 대만 때릴 건데
네가 피하거나 막으면
네가 이긴 걸로.

컥컥컥

병신 새끼가
누구 맘대로…

규칙을 정해?!

형이 말을 하면
그냥 좀 듣고 그래라.

?!

너 오른쪽 눈 안 보이지?
그러니까 왼쪽 턱을
노릴 거야.

그사이에
내 핸디캡을 캐치했어?

셋에 갈 거니까
재주껏 잘 피해봐.

하나.

두울...

셋.

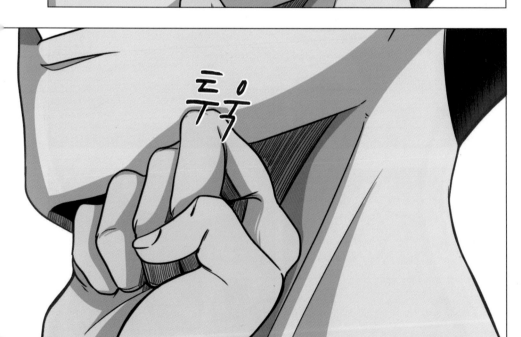

…안 보였어?

어때?
억울하면
한 번 더?

씩

…당신 누구야.

말했잖아.
너랑 비슷한데
너보다 좀 나은
사람이라고.

너 싸움 좋아하지?

그 좋아하는 싸움,
떼돈 벌어가면서
실컷 해보는 건 어때?

…?

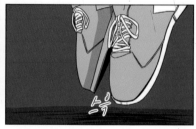

딱 봐도 평생
그렇게 살아온 놈 같은데
뭘 새삼스럽게.

뚤썩

쿨럭 쿨럭!!

그런 표정 짓지 마.
너한테도 좋은 일이니까.

넌 머지않아
몇 배는 더 강해질 거다.

원칙대로라면 앞으로도
한참 동안 몸만들기에만
투자해야 하지만.

자 그럼…

너나 나나 시간이
그리 많지 않으니
지금부턴 테크닉
훈련도 병행할 거야.

덤벼봐.

예.

까딱

드디어
기술을 배운다.

예?

예, 그럼...

갑니다!!

꼬옥

설명은 나중에 듣고
일단 덤벼보라니까.
최선을 다해서.

전혀…

닿질 않아…!

방어의 첫 번째.
물러나기.

이얏!!

말 그대로 뒤로 물러나는 거야.
상대의 공격을 피하는 가장 간단한
방법이지만 상대의 공세가 이어지고
내 반격 찬스는 돌아오지 않아.

계속해볼까?

방어의 두 번째,
막기.

픽!

내 신체의 일부를
이용해 상대의 공격을
'막아내는' 거지.

!!

상대의 공세가
일시적으로 중단되지만
나 역시 곧바로 반격할 수 없고
방어한 부위에 적지 않은
데미지를 입을 수도 있지.

픽

자, 한 번 더!

이익!

방어의 세 번째.
피하기.

상대의 안면이
열리는 순간 곧바로
강력한 반격으로
연결할 수 있어.

가장 이상적인 방어법이지만
그만큼 익히기 어렵고
실패할 경우 리스크도 커.

어디 보자.

손으로 하면
너 큰일 나.
여긴 글러브도
없잖아.

대충 이 정도면
적당하겠네.

..그걸로
하시게요?

하긴. 그 거대한 덩치를
따귀 한 방으로
제압하는 손이니까.

그럼
시작해볼까.

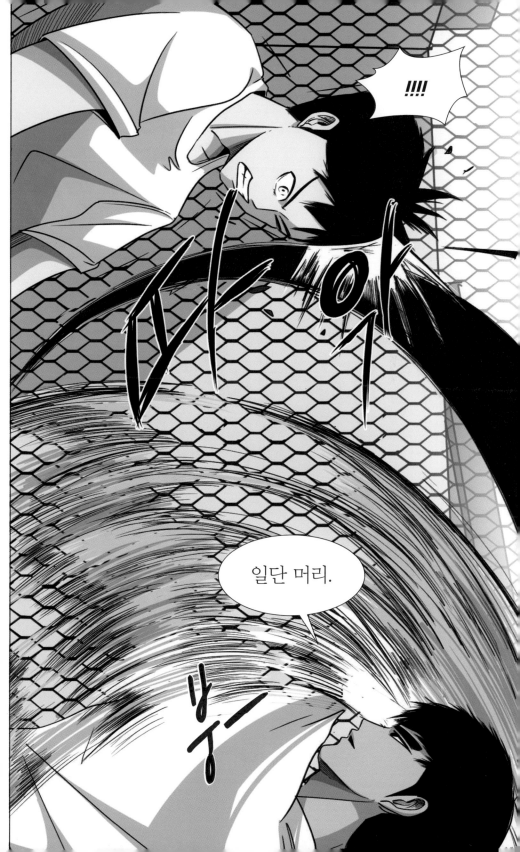

아으…!

배가 비었네.

푹!

크윽!

다시 머리가 비었어.

따악

아프다고 손 두 개를
다 써버리면 한쪽이 훤히
드러나는구나.

두 팔만으로 온몸을
다 막을 순 없어.
다른 방법도
알려줬잖아?

!

네 뒷걸음질이
내 앞걸음질보다
빠를 리가 없을 텐데.

!!

막기도 실패,
물러나기도 실패.

피하기!

규칙을
조금 바꿔볼까?

...

이제 뭐가 남았지?

그 발은 훈련이
끝날 때까지
절대로 원 밖으로
빼면 안 돼.

예?

목표는
모든 수단을
동원해서 최대한
덜 맞는 거다.

피하든, 막든, 반격을
하든 맘대로 해봐.

지비악

이 안에
발 하나를
집어넣어.

뭘 하려고?

…결국 하나도
못 피했다.

왜 못 피했을까?

그야 형은 세계 챔피언이었고, 나는 이제 막 운동을 시작한 풋내기니까…

!

틀린 말은 아니지만 지금 너에게 필요한 정답은 아니야.

?

물론 내가 작정하고 들어가면 세계 최고 수준의 선수들도 속수무책이었지만,

…

형도 은근히 자랑할 기회가 오면 절대로 그냥 넘어가지는 않는 성격이에요.

이젠 알아.

험험. 지금 그게 중요한 게 아냐 인마.

…아까 내가 진심을 다해 공격했을까?

물론 그건 아니겠지만…

굳이 예를 들자면 갓 데뷔한 프로… 아니 운동 좀 열심히 한 격투기 동호회원 정도라면 충분히 피할 수 있는 수준이었어.

아마 배석찬이라는 녀석이었다면 하루 종일 이라도 피했을걸.

부릅

아…

다시 원래 질문으로 돌아가서. 왜 못 피했을까?

…내가 너무 굼떠서?

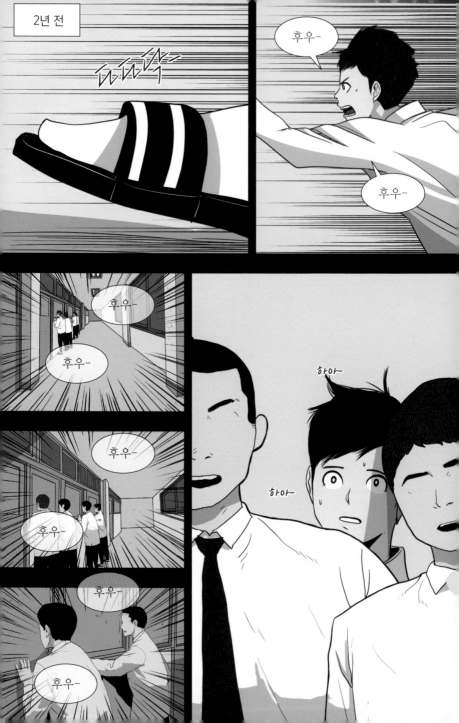

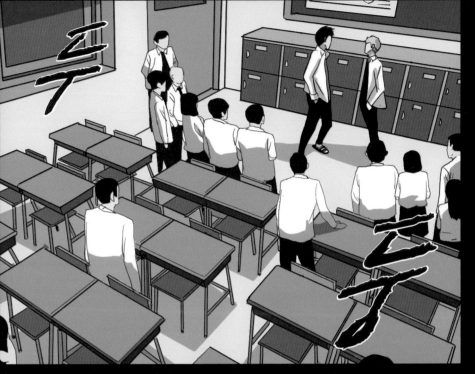

잰 누구야?

어제 전학 온 녀석인데,
이전 학교에서 3학년들까지
다 관리하는 학교 전체
짱이었대.

생긴 거부터
세긴 세 보인다.

배석찬 드디어
임자 만나는 건가?

그래, 배석찬.
너도 혼 좀 나봐야 돼.

전학생 파이팅.

꿀꺽

87

아무것도
알아내지 못했다.

잠도 못 잤어...

다시
시작해볼까?

이런 이런,
전혀 달라지지
않았잖아.

그냥 좀 알려주면
안 돼요?

끅!!

쿡

구구단이라도
외우면서 해봐.

대체 무슨 소리를
하는 걸까?

곱셈이라니까.

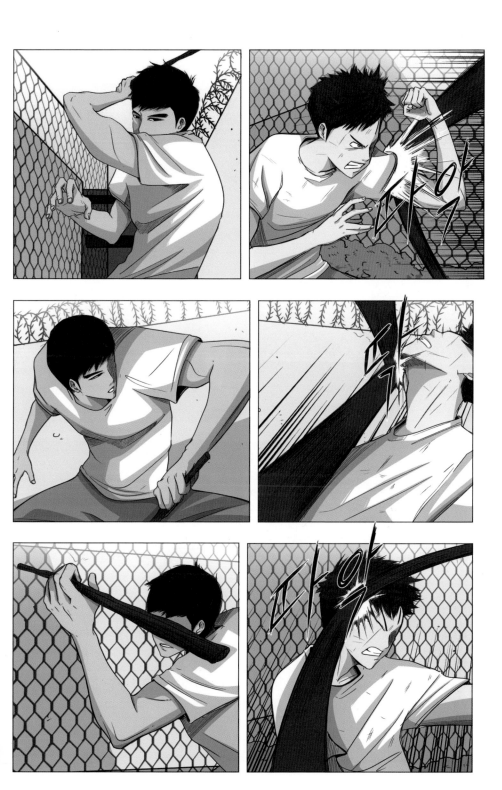

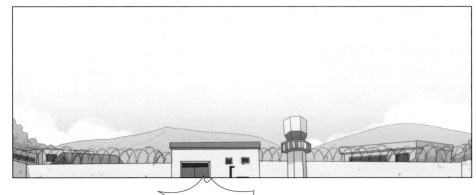

하아

하아 하아

8, 3에 24!

억!!

8, 4 32!!

켁!!

대체 이게
무슨 의미가 있지?
아무 도움도 안 되는…

수욱

움찔

…?!

그러고 보니 아까도
다섯 번째 항목을 이야기할 때
똑같은 자세로 어깨를
노렸던 것 같은데?

오!

패턴대로라면
여섯 번째 항목에서는…

저 자세에서 곧바로…

8, 6에 48!!

올려치기!!

알겠어?

...

구구단에 맞춰
아홉 가지 패턴을
계속 반복한 거잖아요.
미리 알고 있으니까
피할 수 있었던 거고…

시선.

스텝.

팔의 높이.

허리의 각도.

심지어 호흡까지.

자세히만 살피면
상대의 몸은 끊임없이
메시지를 보내고 있어.

예를 들어
근접 타격전 상황에서
라이트 어퍼컷을
치고자 한다면.

먼저 상체를
약간 앞으로 숙이는 동시에
양쪽 무릎을 조여.

그리고 주먹을
복부 옆으로 끌어당겨
반원형으로 대비하지.

이어서 조이고 있던
무릎을 위로 펴는 동시에.

상체도 힘을 거들고, 그다음에야 비로소 주먹이…

목표를 팍!!

툭

이 경우에는 상대의 상체와 무릎이 움직이는 순간 바로 어퍼컷에 대비하면 되겠지?

…아.

하지만 실전 상황에선 그걸 생각하고 있을 틈은 없어.

장황하게 설명은 했지만 이 모든 과정은 그야말로 순식간에 휙 지나가니까.

아, 상대가 어퍼컷을 치겠구나. 그럼 난 가드를 모아 턱과 명치를 보호해야겠군 이렇게 생각을 정리하기도 전에 이미 턱이 돌아간단 말이야.

휙

그렇죠.

그런데 너, 아까 8, 6이 뭐라고 했지?

48요.

어떻게 그렇게 순식간에 알아냈지? 1초도 안 되는 짧은 시간에 8+8+8+8+8+8을 순서대로 계산한 거야?

아뇨. 그냥 8, 6은 48이라고 기계적으로 외우고 있으니까.

바로 그거야.
기계적 암기.

그리고 전에도
강조했듯, 완벽한 방어는
곧 완벽한 공격 찬스로
이어지지.

각종 징후들이
만들어내는 최종 결과물을
마치 구구단 외우듯 기계적으로
암기해버리면…

상대가 공격을
준비할 때 내 몸은
이미 방어를
시작한다.

많이들 오해하고 있는데,
방어란 도망가기 위해,
덜 아프기 위해 하는
소극적 행위가 아니야.

완벽한 공격 찬스를
잡기 위한 지극히
적극적인 행위지.

공격을 준비할 때…
이미 방어가 시작된다?

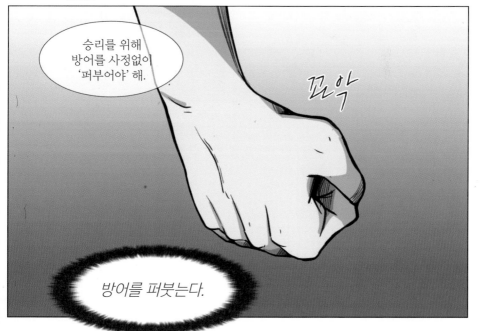

승리를 위해
방어를 사정없이
'퍼부어야' 해.

꼬악

방어를 퍼붓는다.

물론 그 정도 경지에 도달하려면 많은 시간과 노력이 필요할 거야.

공격 패턴이란 게 구구단 따위와는 비교할 수 없을 정도로 다양할 뿐만 아니라 워낙에 순식간에 지나가 버리니까.

괜찮아요. 암기 과목이라면 제 전문인걸요.

오호, 기대되는데?

그런데 형…

응?

이 정도는 그냥 말로 설명해줬어도 충분히 이해했을 거 같은데… 군이 그렇게 매타작을 하면서 가르쳐준 이유가…?

물론 있지.

좋은 질문이야.

?

그거야…

자, 이론은 여기까지!
이제부터 또 실컷
얻어맞으면서 몸으로 새겨!

…

계속 이런 식으로
훈련인가요…?

어?

형, 저 잠시만 저기 친구 좀 보고 오면 안 돼요?

친구도 있었냐?

여기서 사귄 유일한 친구.

예.

다녀와.

씨익

현민아!!

차우솔!!

세상에…

야야, 너
어떻게 된 거야?

정도현하고 한 방 쓴다더니
완전 몸짱이 다 됐잖아?

1551

몸짱은 무슨…
아직 멀었지 뭐.

그런데 넌
어떻게 된 거야?
운동 시간에도 통
보이질 않더니.

!

1551

에휴, 말도 마라.
반 선택 잘못해서 빵살이
완전히 꼬였지 뭐냐.

1551

반 선택?
꼬여?

117

불만이냐?

아...

끈우면 함 또던가 ㅋ

그래서 징벌 기간
연장됐고.

그 덕에 우리 정비반은
이원준, 한성용 등쌀에 밀려서
온갖 더럽고 귀찮은 사역은
다 동원되고 운동 시간에도
항상 쭈구리처럼
찌끄러져 있었지 뭐.

억마는존재했어!!

그런데
오늘은 어떻게?

나오거든.

응?

우리 보스.

오늘 나온다고.

정비반 부활 ㅋ

0915번,
원래 방으로
복귀다.

정상협
ㅡ정비반 보스

오늘 나온다고?

응. 그래서 오전 교육 때부터 다들 기세등등이었다니까.

이제 목공, 제과제빵 놈들 다 뒤졌다면서.

1551

대단하긴 대단한가 보다.

나도 듣기만 했는데, 진짜 괴물은 맞더라.

그 인간이 애당초 왜 징벌방에 들어갔냐면…

우리가 들어오기
얼마 전에 장봉준이라고
인천에서 제일 잘 친다고
소문난 놈이 들어왔었거든.

장봉준 (19세)

1502

127

보통 수감자들끼리
싸움이 나도 어지간하면
그냥 모르는 척해주는
편인데

워낙에 부상이 크다 보니
정상협은 바로 징벌방으로
끌려갔고.

...

띵똥~

띵똥~

어? 벌써
운동 시간 끝이네.

아무튼 난 간다.
나중에 기회 되면
또 이야기하자.

똑

똑

이원준, 한성용, 정상협…
그리고 배석찬까지.

다들 엄청난 강자들이다.

정말 이 나무의 잎이
모두 질 때쯤이면
그들에게 맞설 만한 힘을
얻을 수 있을까?

어이!
안 갈 거냐?

그래.

걱정 따위로
시간을 낭비하지 말자.

지금 가요!

내겐 최고의
아군이 있으니까.

따로 보자고 한
이유가 뭐냐.

갑자기 나하고
결판이라도 내고
싶어졌나.

그것도
나쁘진 않겠지.

씨익

마침 턱도
다 아물었으니

푸둑둑!

시작할까.

아, 오늘은 말고.

뭔 소리야.

장난하냐?

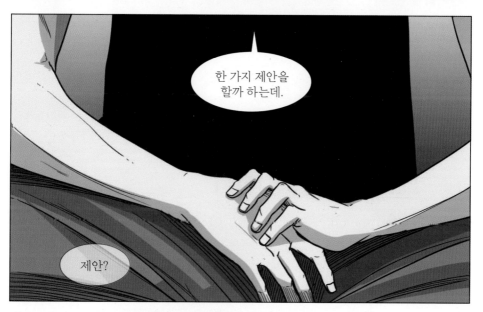

한 가지 제안을
할까 하는데.

제안?

오늘 그 녀석이
돌아온다는 사실 정돈
알고 있겠지?

핵심만 말해.
빙빙 돌리지 말고.

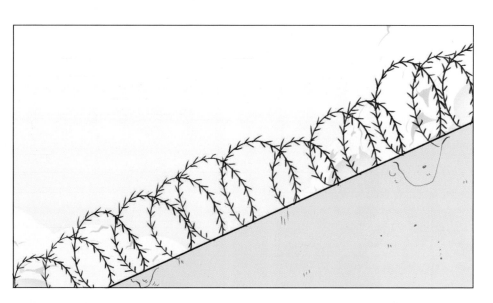

곧 들어오신다!
어서 정리해라!

거기, 침구류 각 똑바로 다시 잡아!
그런 거 제일 싫어하는
분이신 거 몰라?

뭐야,
무슨 임금님
알현하는 것도
아니고…

이게 각이 잡혀?

정상협을…
제낀다?

내가 왜?

왜긴 왜겠어.
삼등분보단 이등분이
나으니까.

그런 이유라면
그냥 정상협과 손을 잡고
너를 밟아버리는 게
훨씬 편할 것 같은데.

킥! 그 머리는
그냥 문신 발라놓으려고
달아놓은 거냐?

…?

나 없이 너 혼자
정상협을 감당할 수
있을까?

그 녀석은
우리보다 강해.

그리 큰 차이는 아니지만
인정할 건 인정해야지.

빼도 박도 못 하고
2인자가 되느니
양대산맥이 낫지
않겠어?

솔직히
틀린 말은
아니다.

일리는 있군.

미우나 고우나 막상막하인 우리 둘이 남아야지.

그럼 이제 동지인가?

잠시 동안만이다.

헌데 방법은?

다짜고짜 녀석에게 싸움을 걸면 100% 일이 커진다.

녀석을 쓰러뜨린다 한들 우리 둘 다 사이좋게 징벌방에 들어가게 되면 무슨 의미가 있어.

아, 물론 싸움은 정상협이 먼저 걸게 될 거야.

뭐?

그런 게 있어.

크윽...!!

…잘 지내지 못했습니다.

무슨 말이야.

방장님께서 자리를 비우신 동안 목공, 제과제빵 놈들에게 이리저리 채였습니다.

제가 어떻게든 해보려 했지만 이원준, 한성용 그 두 놈 때문에…

죄송합니다. 역부족이었습니다.

…

어떻게 나오려나.

꿀꺽

오후 일과 시작 전에
정리부터 좀 하자.
방이 뭐 이렇게
지저분하냐.

청소한 건데…

내가 돌아왔으니
이제 안 그럴 거다.

뭐야…
이 미적지근한
반응은?

성깔로 보나
주먹으로 보나
정상협이 나머지 둘보다
미세하게 앞선다고
보면 된다.

분명 한 성깔
한다고 들었는데?

…넌?

자리 비우신 동안
새로 온 녀석입니다.

!!

안현민입니다!
나이는 열일곱이고
폭행으로 2년
받았습니다!

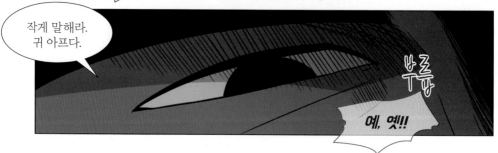

작게 말해라.
귀 아프다.

예, 옛!!

…아차!!

긴장돼서
나도 모르게…

울질!

…예.

죽일 셈인가?

숙

!?

목소리 좀 크게 냈다고?

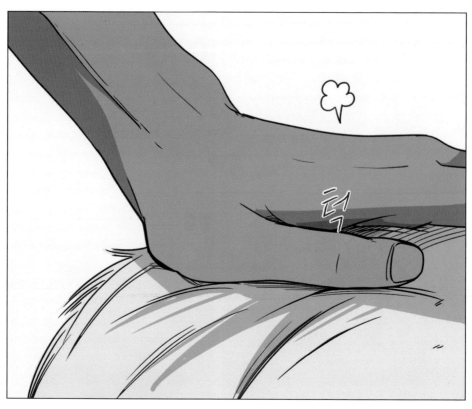

열심히 해라.

!

뭐지 이 캐릭터?

이게 누구신가?

하도 오랫동안 안 보여서
출소한 줄 알았지 뭐야?

하하하하~

저것들이!!

됐다. 그냥 가자.

반장님,
그동안 저것들이
저흴…

요거 요거,
그 틈에 고자질이냐?

이젠 너희
맘대론 안 될걸?

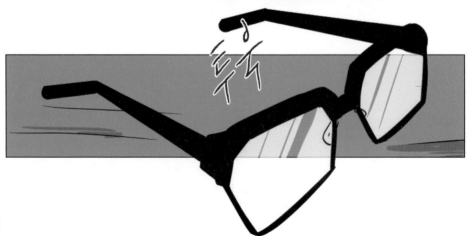

왜? 내가 이 전봇대한테
쫄아야 될 사람으로 보이냐?

…놔라.

끄익

쭈욱

으득

쳇, 역시 힘으로는
상대가 안 되나?

우리 애들
그만 건드려라.

155

하! 힘자랑 한번 하더니 아주 나한테 명령을 하려고 드는 거냐?

이딴 소꿉장난 말고 제대로 한번…

부탁이다.

뭐?

뚜벅

명령이 아니라 부탁이라고.

뚜벅

이동한다.

역시 쉽게 넘어오진 않는다 이거지?

스윽

뚜벅

뚜벅

상관없어.
어차피 시간문제니까.

원래 저래?
들기로는 3대 괴물 중에서도
가장 성질이 더럽다고.

평소에는
제일 점잖으셔.

응?
...평소에는?

난 개인적으로
교본을 그리 좋아하진
않았지만.

이곳처럼 수련할 공간도,
시간도 제한적인 곳에서는
꽤 효과가 있을 거야.

이론 공부를 하면서
하체까지 단련할 수 있으니
그야말로 일석이조
독서법 아니냐.

뉴트
그르

뉴트
그르

잔소리 말고 얼른 읽어.
늦게 읽을수록
너만 손해야.

크윽…

인내심 하나는
타고난 녀석이다.

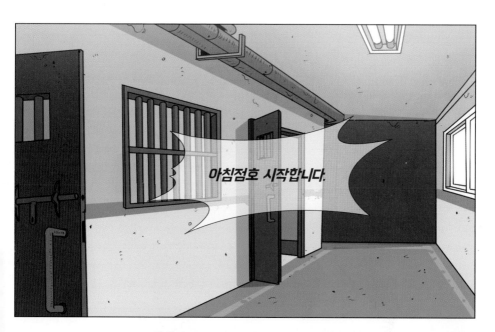

아침점호 시작합니다.

오호, 정상협이.
드디어 돌아왔구만.

예.
어제 복귀
했습니다.

정비 1호실 인원 보고,
총원 6명, 현재원 6명.
열외 없습니다.

!

한 번만 더 돌발 행동을 저지르면
그땐 정말로 곤란해질 거야.

무슨 말인지 알지?

알고 있습니다.

그래, 수고들 해.

…

네가 무슨 생각하고 있는지
잘 알고 있다.

…예?

무슨 일이 벌어지더라도
너희만은 내가 챙긴다.

걱정하지 마라.

아, 예.

오전 일과
준비들 해라.

예!

떨썩

뭣들 해?
다들 앉지 않고.

저기 그게…
저희는 앞줄에
앉아야 합니다.

무슨 소리야?
갑자기 단체로 공부에
재미를 붙인 건 아닐 테고.

그게…

뭐 하냐?

꾸엑!!

하.... 한 성욱...!

!!

?

무슨 짓이냐.

아, 몰랐나? 오전 일과 중엔 항상 정비반이 맨 앞줄에 앉아서 방파제 해주기로 합의했거든.

너희 대표하고.

죄송합니다. 어쩔 수가…

이제 내가 돌아왔으니 내가 다시 정비반을 대표한다.

이 시간 이후로 그 합의는 파기다. 그 외 나 없는 동안 한 합의는 전부 무효다.

뭔데
이렇게 살벌해?

뭐야?

정비반 새끼들은
또 왜 뒤에서 알짱거려?

…너도냐.

뭐가?
만만하면 밟히는
곳인 거 몰랐냐?

키킥

나 없는 동안
아주 신나게들 놀았구나.

별컹

그럼 대답해봐.

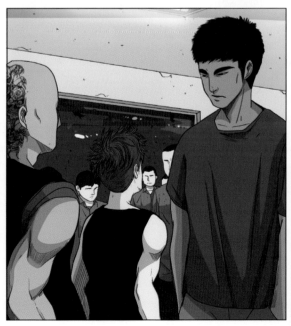

지금두 만만해?

뒤에서 뭣들 하냐?
얼른 앉아.

이따 운동 시간에
따로 보자.

슥딱

어떡하실 겁니까?

알아듣게 이야기하면 돼. 녀석들도 나하고 정면으로 부딪치고 싶진 않을 거다.

갈 때 가시더라도 혼자 가시면 안 됩니다. 함정일 수도 있습니다.

?

난 여기 싸우러
나온 게 아니다.

우리끼리 싸워봐야
다들 손해라는 건
잘 알 텐데.

싸우기 싫으면
복종하면 돼.

내가 징벌방 다녀와서
몸을 사릴 거라고 생각한 모양인데,
이건 명백히 너희가 먼저 걸어온
싸움이다.

다 같이 손잡고
징벌방 가는 걸
원하는 거냐?

응? 우리가 먼저 건
싸움이라고 누가 그래?

셋이서 말을 맞추면
너 혼자 아무리 우겨봐야
소용없어.

이 상황이 어떤
상황인지 설명해줘?
네가 괜히 싸움을 걸어서 우리는
어쩔 수 없이 방어 차원에서
대응하는 상황이야.

너희가 그럴 것 같아서
나도 한 명을…

움찔

…셋?

!

스윽

…뭐 어쩌다 보니
이렇게 됐습니다.

빠직!!

어떻게 저한테
이럴 수가 있습니까!!

배신당한 건가.

이제 상황 파악이 좀 돼?
너 작업당한 거야.

…이번에도.

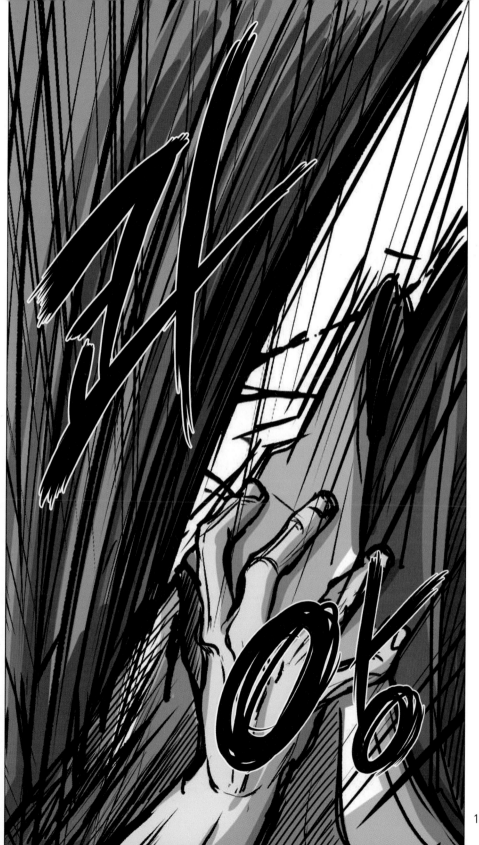

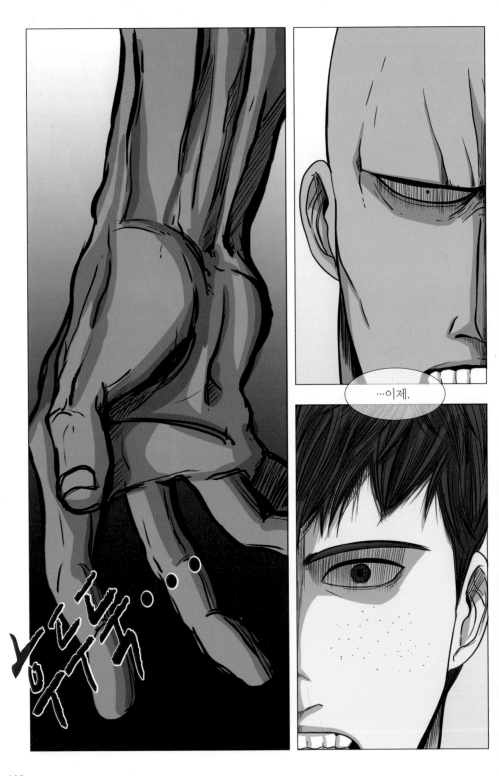

…이제.

아무리 우리보다 한참 부족하다곤 해도
정비반의 2인자로 군림하던 놈을
휴지 조각처럼 던져버리다니…

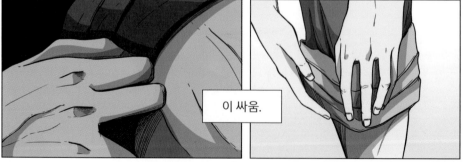

이 싸움.

역시 만만치 않겠어.

처억!

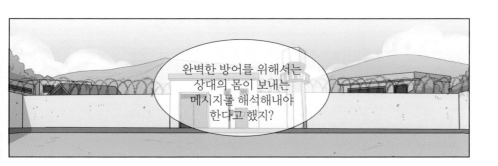

완벽한 방어를 위해서는
상대의 몸이 보내는
메시지를 해석해내야
한다고 했지?

잘못된 곳이라도?

...

잘못된 곳 말고 제대로
된 곳을 찾는 게
훨씬 빠르겠다.

195

이렇게 검지와 중지만
유난히 튀어나오게
주먹을 쥐면 펀치를 내는 와중에
손등이나 손가락에 부상을
당할 가능성이 높아.

가급적 네 개의 손가락이
나란히 늘어서도록 가지런히
쥐어주는 게 좋아.

그리고
주먹을 항상
그렇게 부서지도록
꽉 쥐고 있을 필요는
없어.

주먹을 꽉
쥐고 있는 것 자체가
상당한 체력을 소모하는
일일뿐 아니라

실전에서는 레슬링이나
유도가 필요한 상황,
즉 손가락을 사용해야
하는 상황도 빈번하게
발생하거든.

아…

평상시에는
손안에 가상의 막대기를
쥐고 있다고 생각하고
반 정도만 쥐고 있다가

체중을 실어
타격하는 순간에만
일시적으로 강하게
쥐어주는 거야.

쉬익!

자, 이번엔
다리 쪽을 볼까?

두 다리는 어깨너비만큼
벌린 상태에서 45도 정도
비스듬하게 서.

여기서 가장 중요한 건
두 다리 사이의 간격이야.

주먹이든 발이든
타격을 하려면 디디는 발과
구르는 발이 있어야 하는데
둘 사이의 간격이 너무 좁으면
디디는 발이 힘을 받지 못해
자세가 흐트러져.

반대로 간격이
너무 넓으면 발을 굴러 생긴 힘이
디디는 발에 전달되기도 전에
사라져버리지.

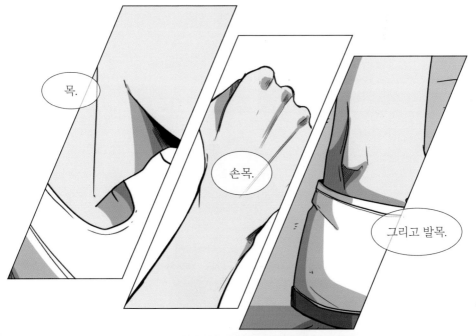

목에 힘이 들어가면 몸의 움직임이,
손목에 힘이 들어가면 팔의 움직임이,
발목에 힘이 들어가면 하체의 움직이
둔해지는 법이거든.

특별한 경우가 아니면
이 '세 개의 목'에 힘을 빼고
유연한 상태를 유지해야 해.

이제야
한결 낫네.

지금 이 자세를
잘 기억해둬.

앞으로 네가 누군가를
상대하게 될 때 가장
빈번하게 취하게 될
기본자세니까.

…이것이
기본자세!

흔히 고수는
싸워보지 않아도
상대를 알아본다는
말이 있잖아.

직접 주먹을 섞어보지 않아도
자세를 보면 상대의 수련 정도를
어느 정도 가늠할 수 있는 거야.

예를 들어.

뭐야,
저 엉성한 자세는?

그러고 보니
아까 정비반 놈을 끝장낸 것도
그저 완력이 엄청나게 강했을 뿐
정상적인 싸움 방법과는
거리가 멀었다.

바깥에서
농구 선수였다더니…

싸움은
해보지 않은 건가?

…크윽.

이거
완전 덩치만
큰…

씨익

허당이잖아!

그럼 아무리 상대가
살벌해 보여도 자세가
어설프면 겁낼 필요
없겠네요?

대부분의
경우는 그렇지.

…하지만.

어디에나
예외는 있기
마련이지.

빠르다!!

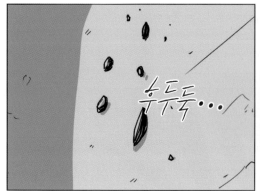

후두둑···

후둑···

틀림없이 경험이 부족한
엉성한 주먹이다.
그런데···

주룩

···엄청나게 빠르고
엄청나게 강해.

꿀꺽

2미터가 넘는 거대한 몸에서
나오는 압도적인 힘과 내구력.

농구 선수 생활을 통해
다져진 지구력과 핸드 스피드까지.

이 녀석이야말로…

최강의 초보자!

신체 스펙 차이가 심하게 나면 기술이 무의미해지는 경우도 있어.

다시 한 번 말하지만 괜히 체급을 나누는 게 아니야.

형이라면 어때요?

응?

형이라면 더 무거운 체급의 챔피언에게 이길 수 있어요?

쓰익

219

헤비급 챔피언이 웰터급 선수에게
일방적으로 당했다는 소문이 퍼지면
하워드는 물론이고 WFF 헤비급
전체 흥행에 찬물을 끼얹고
말 겁니다.

그러니 부디 이 스파링 결과를
그 누구에게도 누설하지
말아주셨으면 합니다.

언론에는 하워드가
헤비급 파트너 세 명과
스파링을 하던 도중 부상을 당했다고
대충 둘러대겠습니다.

아 예.
물론입니다.

예. 뭐 알겠습니다.
아무 데도 말 안 하면
되는 거죠?

휘익!

너도 빨리
알겠다고 해 인마!

하워드는 헤비급 내에서도
무쇠 턱으로 소문난 친군데.

정말 엄청난 선수입니다.

위버멘쉬*
라는 링네임에 딱 어울리는…

*Übermensch: 인간을 초월한 자, 초인

…형?

…글쎄. 안 물어봐서 잘 모르겠는데.

잡설이 너무 길었지?
이제 슬슬 움직여볼까.

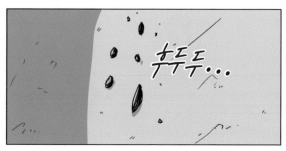

후두두...

뭘 그렇게 재고 있어?

나와 싸우고
싶은 게 아니었나?

잘난 척하기는!!

빡!

팟!

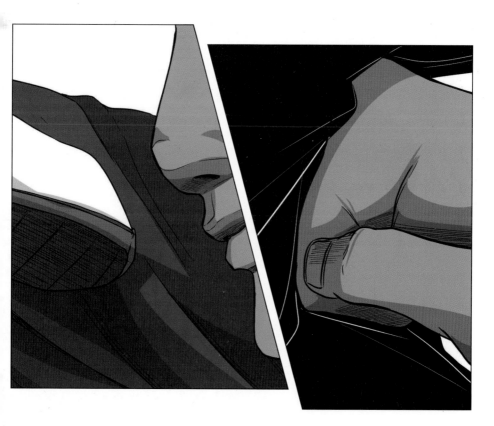

!!

뭐 이런 말도 안 되는…

커억!

무슨 놈의 손이 발보다 길어?

크 우읭!

쿨럭!

쿨럭!

뚜벅

뚜벅

컥!

터억!

크윽···

뚝···

뚝···

죽어.

의식이 멀어져 간다.

···설마 진짜로
죽일 셈인가?

뚝···

어이, 빠빡이!
괜찮냐?

쿨럭!
별거 아냐.
빨리 끝내기나 하자.

231

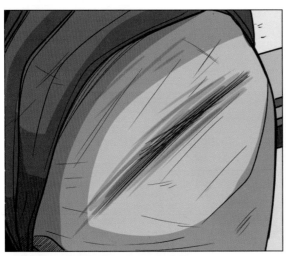

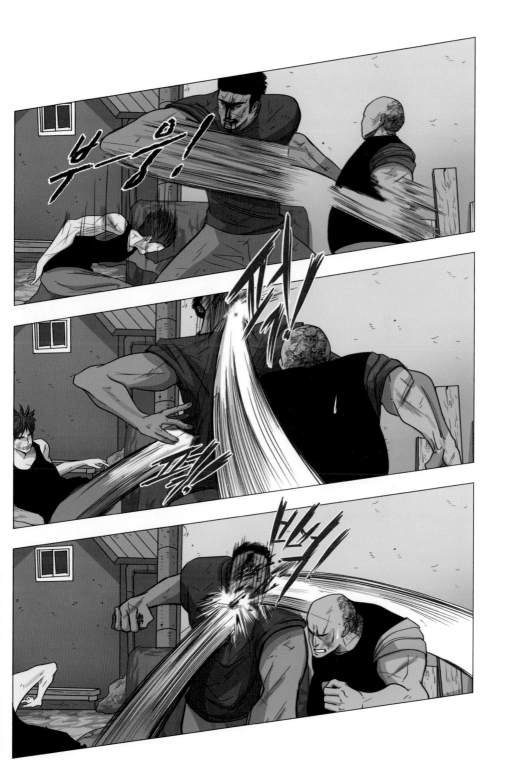

233

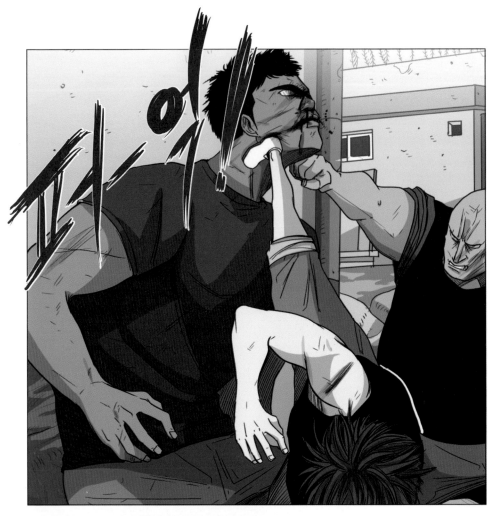

밟아!!

다들 알겠지만
이 시합에 모든 것이
달려 있다.

우리 학교의 30년 만의 우승도,
그리고 청소년 국가대표
선발의 꿈도.

그러니까 다들 최선을 다해
꼭 승리하는 거다.
알겠나!

네!

반드시 이긴다!

···이 정도 점수 차이라면 상관없겠지.

좋았어!
여기에 추가 자유투까지
성공하면…

귀빈석

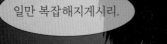

그러게 왜 아무것도
모르는 애를 코트에 올려요?

일만 복잡해지게시리.

뭐?!

당신
지금 뭐라
그랬어?

뭐? 당신?
너 진짜 미쳤어?

어떻게 저한테
이럴 수가 있습니까!!

상협아…

나도 좀 살자. 응?

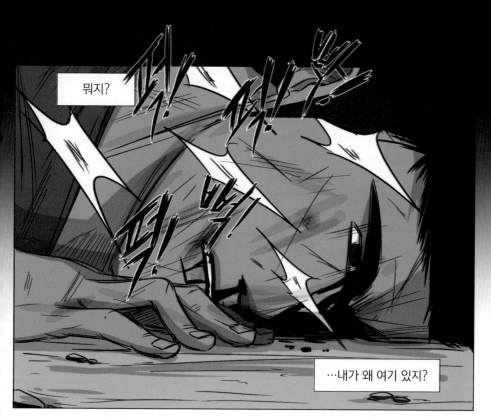

뭐지?

…내가 왜 여기 있지?

이것들은 누구야?
왜 나를…

이젠 좀 뻗어라,
이 징그러운 놈아!!

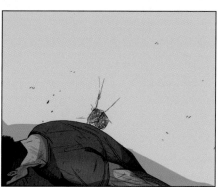

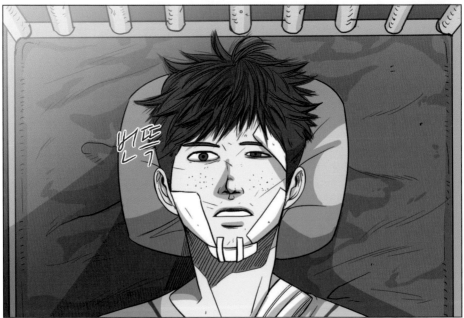

번뜩

어?

그냥 누워 있어.

쿡!

…이게 어떻게 된?

그건 우리가 묻고 싶은 말이네.

무슨 짓을 저지른 거야, 너희.

정상협은요? 이거 다 그 자식이 저지른 거거든요? 우린 피해자예요.

그 개새끼는 꼭 징벌방에 처넣어야 돼요.

그건 나중에 돌아간 후에 보안과에서 알아서 할 일이니까 너흰 신경 쓰지 말고 얼른 낫기나 해.

돌아간 후?

그럼 여긴 어딘데요?
…의무실 아니에요?

사제 병원이야.

깜짝!

움찔!

?!

의무실에선
감당이 안 돼서.

차에 치이기라도
했어요?

별거 아닙니다.

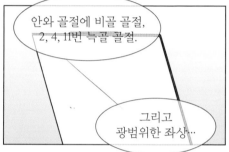

안와 골절에 비골 골절,
2, 4, 11번 늑골 골절.

그리고
광범위한 좌상…

별거 아니기는.
여름 내내 누워 있어야
할 판인데.

하긴, 옆 환자하고
비교해보면 틀린 말은
아니네.

…까딱 잘못했으면
척추 마비로
평생 휠체어 신세
질 뻔했으니.

일단 큰 고비는 넘겼으니
알아서 몸조리들 잘해요.
무슨 일 있으면 바로
호출 버튼 누르고.

철컥!

...

저기, 방장님
정말...

그만.

...!

슥

지금은 아무 말도
듣고 싶지 않다.

그러니까 현재 서울을
꽉 잡고 있는 게
현우용이 패거리이다,
이 말이야?

예. 얼마 전에
완전히…

물범(50)

허, 역시 세상
오래 살고 볼 일이네.

몇 년 전만 해도
새파란 애송이였던 놈이
어느 틈에…

알겠습니다, 선배님.
어디로 가면 되겠습니까?

예. 그렇게 알겠습니다.

똑

심부름 하나 해줘야겠다.

도착했습니다.

철컥

올라가시죠.
정성껏 준비
해뒀습니다.

크흠.

번쩍!

?

혹시 물범 형님
되십니까?

너 뭐야?

저희 사장님께서
물범 형님께 꼭 좀 전해달라는
말이 있어서요.

꾸벅

현우용 사장을
모시고 있는 사람입니다.

뚝!

뭐?
이 건방진…

뒷방 늙은이 취급이라도
똑바로 받고 싶으면
괜히 나대지 말고 조용히
찌그러져 지내십쇼 선배님.
괜히 바쁜 사람 오라 가라
하지 말고.

빡!

!!

이런 대가리에 피도 안 마른 새끼가!!
그놈 지금 어디 있어!?

빠직!!

아, 그리고
한 가지 더.

만약 형님께서
화를 내시거든…

턱주가리에
한 방 먹이고 오라더라!!

?!

형님!!

찰-칵!

뭣들 해!

흐음...

자, 인증샷은 됐고

그 인간은
왜 이딴 걸 시키고
지랄이야.

씩

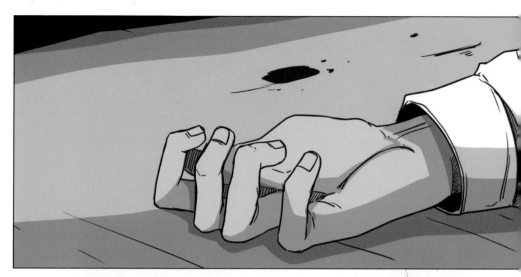

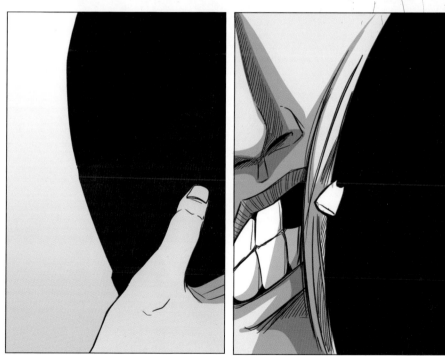

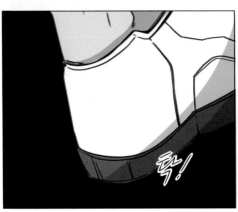

내가 사람
하난 제대로
봤다니까.

씩

…

영등포 꼰대

지이잉!

현우용입니다.

인사는
아주 잘 받았다.

어째 마음에
드셨나 모르겠습니다.

내 조만간 답례하마.

또 무리하신다.

어린놈이라
아직 겁이 없구나.

나이를 많이 잡수셔서
현실감각이 부족하신가?

빠직!!

건방진 놈.

대포.

예.

석찬이 좀 불러.

뭡니까.
너무 자주 부려먹는 거
아닙니까.

아아, 수고했어.
수고는 했는데…

?

네가 저지른 일 덕분에
물범이 죽자고
덤벼드네?

큭큭!
그 늙은이, 어지간히
열 받았나 보네.

재밌겠네요.
그럼 이만.

어딜 가려고.

물범 치라면서요?

지금 바로 간단
말인가.

킥! 전 오늘 할 싸움을
내일로 안 미룹니다.
그 재밌는 걸 왜 미뤄요?

계획은 있나.

물론 있죠.

좋아 좋아,
그래도 이왕 여기까지 왔는데
뭐라도 좀 먹고 가지?

밥보단 주먹다짐
쪽을 훨씬 좋아해서.

뚜벅

뚜벅

쿵

멋진 놈이야.

대책 없는 놈이지요.

대포 넌 다 좋은데
사람이 너무 팍팍하게
구는 게 유일한 흠이야.

물범이 퇴물이라곤 해도
옛 저력을 무시할 순
없습니다.

만에 하나…

그래서
딱 어울리잖아.

저 천둥벌거숭이의
연습 상대로 말이야.

그리고
뭐가 걱정이야.

철컹

좀 꼬인다 싶으면
네가 나서서 싹 정리해
버리면 되잖아.

내심 그러길
바라고 있으면서.

별말씀을.

덜그럭

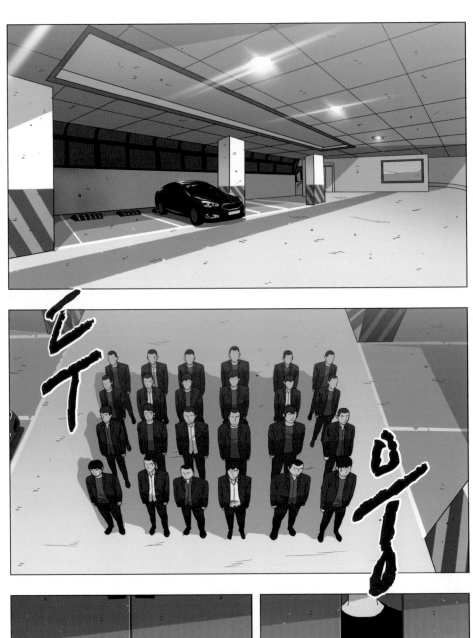

…네가 지휘하는 건가.

다 모였나.

…

뭐야, 벙어리들이야?

그렇다면?

아무리 큰형님의 총애를 받고 있다곤 해도 너같이 새까만 후배의 지휘를 받을 순 없지.

컥 컥 컥!

졸라 웃겨. 아무리 동방예의지국이라지만 깡패 새끼들까지 어른 대접을 받으려 드네?

꼬우면 나를 밟아봐. 자근자근 짓밟아서 내 입에서 선배님 소리가 튀어나오게 만들어보라고.

그럼 잠시 세상 무서운 것을
보여주는 것도…

나쁘진 않겠…

큭큭!
힘없는 선배가
선배냐?

또 불만 있는 사람?

…

없어?

그럼 계획을 설명하겠다.

난 머리통에 먹물이 안 차서 지략 대결 같은 거 안 해.

깡패는 모름지기 깡패다워야 제맛이지.

속

지금 당장 녀석들 소굴로 가서 마지막 한 놈까지 다 조지고 때려 부순다. 간단하지?

옛!!

꽈악—!

3권에서 계속

샤크 2

초판 1쇄 발행 2019년 5월 10일
초판 2쇄 발행 2021년 1월 20일

지은이 운 김우섭
펴낸이 김문식 최민석
기획편집 이수민 박예나 김소정 윤예솔 박연희
마케팅 임승규
디자인 손현주 배현정
편집디자인 김대환
제작 제이오

펴낸곳 (주)해피북스투유
출판등록 2016년 12월 12일 제2016-000343호
주소 서울시 성북구 종암로 63, 4층 402호 (종암동)
전화 02)336-1203
팩스 02)336-1209

© 운·김우섭, 2019

ISBN 979-11-88200-91-7 (04810)
        979-11-88200-89-4 (세트)